AF143822

1

© 2020, Guylaine Menot

Edition : Books on Demand,
12/14 rond-Point des Champs-Elysées, 75008 Paris
Impression : BoD - Books on Demand, Norderstedt, Allemagne
ISBN : 9782322223350
Dépôt légal : juin 2020

# Riff

Du même auteur :

Editions BoD :

L'Elfe sous mon oreiller, 2017

Editions Le Manuscrit :

Les Carnets cul de Gab, 2013 (épuisé)

Mortelle, 2009

La Main coupée, 2003

© G. Menot

Dépot légal : juin 2020

éditions BoD :14 Rond-Point des
Champs-Élysées Marcel-Dassault, 75008
Paris

Impression : BoD – Books on Demand,
Allemagne

# Riff

## Guylaine Menot

à C.

et aux Pixies

« A se dire tous ces petits riens
qui ne valent pas la peine d'être
dits, mais qui valent la peine
d'être entendus. »

Jean Giraudoux

**0)** On sait souvent quand finissent les histoires d'amour, moins quand elles commencent.
La notre a duré 950 jours et quelques heures...
Sauf que ce n'était pas vraiment une histoire d'amour.
Tu n'as jamais partagé mes sentiments.
D'ailleurs moi non plus, au début, je ne partageais pas mes sentiments...
C'est donc uniquement MON histoire, subjective, partiale. De 1 à 950 notes et quelques silences sur la partition de ma vie.

**Septembre.**

**1)** Tu as dit oui.
Je ne pensais pas avoir cette
chance.

**2)** Dire la douceur de ta peau en
un seul mot ?

**3)** Observer ta nuque et avoir
envie d'y laisser glisser mes
doigts.

**4)** Suivre du bout de ma langue
le dessin de tes lèvres.

**6)** Ta chemise blanche te
transforme en tentation vivante.

## Octobre

**9)** La saveur de nos jeux
d'adultes.

**10)** Mes doigts rêvent de ta
peau.
Mes yeux de croiser ton regard
quand tu souris
Mes oreilles cherchent la
musique de ta voix.
Mon esprit aime te savoir proche
même sans te voir.

**13)** Je regarde différemment
les coureurs et les cyclistes
depuis que tu m'as expliqué que
le cuissard se porte nu...

**15)** Mes jeux rebondissent sur tes définitions :
Tu me dis **Midinette**...
qui se contente d'une dînette à midi (fin XIX)
Jeune ouvrière ou vendeuse parisienne de la couture
Jeune fille de la ville, frivole...

**Tu me dis Frivole** : qui a peu de solidité, de sérieux, et par suite, d'importance. Qui ne s'occupe que de choses futiles (*non, les mots ne sont pas futiles ! les sacs, bijoux, chaussures, fringues et autres trucs oui par contre*), ou traite à la légère les choses sérieuses... (*Parler avec humour de certains sujets ne* *veut pas dire ignorer leur importance).*

Donc, je ne suis pas une midinette frivole, même si mon mode de vie est plus libre que la moyenne. D'ailleurs, j'apprécie que tu ne déballes pas tout à notre entourage musical.

**25)** Combien de fois par mois astu besoin de baiser pour être à l'aise dans ton corps ? Quelle moyenne sur 10 a ta libido ? La mienne tourne autour des 11/10…

**27)** Je souhaite être ta détente, quand tu as besoin ou envie... parce que le sexe est un jeu (d'adultes).

**28)** Jouer et jouir ont une lettre de différence.

**30)** Tu n'es pas mon seul amant. Tu le sais ; mais tu es le premier qui explose toutes mes prudences, qui connaît tous mes secrets.

**33)** J'aime quand tout ton corps se tend vers l'arrière quand je te suce. A genoux devant toi, ta queue remonte un peu plus dans

ma bouche... c'est encore
meilleur.

**35)** Oui, j'écris, et je te
bombarde de petits mots. Je
suis parolière. Je pensais que tu
aimerais ce jeu là. Tu es
musicien non ? Et les mots sont
des sons.

**42)** Glisser mes mots sur ta peau
Comme mes doigts sur ton front
Légers, furtifs, imprévisibles
S'effrayer puis accepter la
surprise
De comprendre qu'ils cherchent
ton cœur
en risquant d'y brûler mon âme,

De comprendre que mes doigts
rêvent de rester là,
Tout contre toi.

**53)** Cyan
Riant
Pâtes d'oie aux coins de tes
yeux…

**55)** Tu occupes 95% de mon
esprit. Si tu savais comme c'est
épuisant de faire tout le reste
avec uniquement les 5% restant !

**57)** Tu es partout dans mes
mots. Ils parlent de toi en
secret…

**58)** Toi ! Encore !
Ça peut se lire de trois façons :
allegro « oh oui », moderato « oh
non ! », fortissimo « oh merde ! »

**59)** Toi ! Toujours ! Je me laisse
porter par la musique.

**61)** Lécher ta peau, à pleine
langue, à pleine vie
Te humer, te sentir, brûler
d'envie
Me consumer en te consommant
hors du temps
Te boire, bois brûlé et finir
cendre sous tes doigts, sous tes
mouvements.

**64)** Mon cœur explosé, ravagé.
T'avoir et mourir, repue,
satisfaite,

**67)** Tu tiens toujours ta guitare
un peu basse. Je l'imagine
souvent comme ton sexe dressé.

**71)** Tu m'as demandé que notre
liaison reste cachée. Plus simple.
Je le comprends et je
l'approuve ; mais pourquoi fuis-tu
aussi mon amitié ?

**75)** S'il te plait, ne me refais pas
un coup de changement de
planning brusque. Ça fait mal à
mon cœur : je manque d'air et je
me noie. Tu es mon oxygène en

ce moment. Si tu n'es pas sûr…
je préfère patienter.

**77)** Je rêve parfois de faire un
peu plus partie de ta vie, d'être
pour toi un peu plus qu'un silence
sur ta partition.

**85)** Tu es de plus en plus
sombre. Que t'arrive-t-il ?

**90)** Si tu ne te confies jamais ?
Comment te montrer qu'on est là
pour toi ?

**100)** Si je connaissais une
formule magique ou un rituel
pour qu'enfin tu me parles, je
l'aurai déjà employé ! Car là, je

ne sais plus quoi faire…
attendre ? Oser ? Brusquer ?

**105)** Je suis la vague (têtue)
(tenace),
Qui avance et qui recule
Parfois délicate, murmurante
Onde qui s'allonge sur le sable
Parfois agitée, grondante
Qui se brise en vain sur ton
rivage.

**115)** Je t'avais parlé d'une
aventure « sans prise de tête »,
mais comme tu ne réponds plus à
rien, c'est Toi, en fait, qui me
prends la tête.

**117)** Ais je un moyen de t'aider ?

**127)** Notre contrat de base te permet tout : tu en sais déjà tellement sur moi... j'ai besoin de savoir... depuis trop longtemps je navigue à vue. Mes messages sont à sens unique...alors je gamberge, j'imagine, je m'inquiète... et j'ai une imagination quasi sans limites...

**133)** Si tu es passé à autre chose, c'est ton droit...
Mais je suis comme les gosses : j'ai besoin que tu me le dises : je ne suis pas douée pour les devinettes...

**136)** Bon sang, mais parle moi !
Réponds-moi ! Explique-moi ! Si
je fais mal quelque chose, si je
t'irrite : « apprends-moi », je ne
demande que ça. « Je n'ai jamais
eu la science infuse ». Tu ne
fonctionnes comme aucun de mes
autres hommes.

**138)** Mots empilés sans mesurer
Fragmentée
Mon esprit s'est vidé, brulé,
carbonisé, incendié.
Je viens de finir les paroles
d'une chanson (pour le Groupe).
J'y ai mis trop de moi.

**139)** Électrique
Je suis la fille qui brûle
Je suis la fille qui hurle
Celle qui se consume
Celle que tu consumes

## Novembre

**149)** Nous avons arrêté nos jeux d'adultes. J'ai respecté ton choix. C'est plus douloureux que je m'y attendais.

**154)** J'ai mal.

**157)** Sur cet imprévu-là (dans ma vie complexe du moment) ton aide m'a été précieuse. Tu as été épatant. Je ne l'oublierai pas.

**159)** Les autres hommes me tentent moins. Je finirais « sage » par dommage collatéral.

**164)** Ou est passée ta belle énergie ? Ou est passée cette attention affectueuse que tu avais pour tous ?

**166)** Les membres du Groupe disent que tu as des soucis. Que tu ne veux pas d'aide. Que c'est ton caractère. Ne pas pouvoir t'aider, je n'arrive pas à m'y faire.

**167)** J'aimerais pouvoir venir vers toi
Et juste te demander comment tu vas.
J'aimerais que tu aies assez confiance en moi

Pour deviner que tu peux te confier.
Sans tout emmêler, sans tout mélanger.
Juste laisser mon affection t'aider.

**182)** Je peux me passer de baiser avec toi ; mais je n'arrive pas à me passer de toi.

**185)** T'écrire, même juste en pensée, c'est ma façon de te rester attachée.

**192)** J'ai donné mes derniers textes au groupe. Tu les as donc lu aussi.

**Janvier**

**202)** Tu souhaites reprendre !
Moi qui ne crois en aucune force
supérieure, j'ai passé mon
samedi à remercier les Dieux, le
monde et l'univers...

**212)** Je vis dans un rêve.

**212)** Je ne prends jamais ma
douche chez toi. J'attends
d'être rentrée. Je veux garder
ton odeur sur ma peau le plus
longtemps possible.

**213)** Tu m'as dit que le piano
avait été ton premier
instrument. Je ne le fais pas

exprès, mais je me rends compte
que désormais, j'écris pour toi.

*Il y a du bleu dans tes yeux*
*Quand tu poses tes mains sur*
*l'ivoire*
*Il y a du rêve dans mes vœux*
*D'y voir plus qu'un jeu...*

*Tes doigts, dis-moi*
*Joueraient-ils sur moi*
*La gamme entière de mes*
*frissons ?*
*Je te confie mes clés.*
*Viens, caresse-moi,*
*Que je quitte le sol,*
*Grâce à toi...*

*Mes lèvres effleurent le micro*

Mes mots glissent vers le public
sans un accro
Ils ensorcellent
Toutes ces oreilles qui
s'émerveillent...

Tes doigts, dis moi
Joueraient-ils sur moi
La gamme entière de mes
frissons ?
Je te confie mes clés.
Viens, caresse-moi,
Que je quitte le sol,
Grâce à toi...

Mais moi, crois-moi, je chante
pour toi
Sur mon dos, sur ma peau
blanche et pâle,

*Guerrier sans épée, tu es mon roi*
*Et je rêve tes notes où mon cœur s'empale*

*Tout le temps que dure ma chanson*
*Ces quelques minutes à peine*
*Où mes mots sont des dons*
*C'est toi que j'aime...*

**223)** J'ai arrêté de voir les autres. Dans mes rêves, sur ma peau, il n'y a plus que toi.

**Février**

**224)** Une dispute. Une
excellente idée musicale que tu
as gardé pour toi, sans la
partager avec le Groupe. Je te le
reproche vertement. Trop. Je te
fâche et je réalise que mon
attachement à toi change.

**228)** Tu me l'as demandé. Je t'ai
répondu. Je n'avais aucune raison
de te mentir.

**228)** T'aimer n'était pas prévu

**233)** De nouveau tu es sombre.
De nouveau tu te tais. De
nouveau tes rares réponses à

mes messages anxieux me
blessent.

**234)** Tu me  dis : Indécente
 I impulsive
N naturelle
D démoniaque
E émerveillée
C critiquée
E énervante
N naïve
T tentatrice
E égarée

**240)** J'aurais dû te mentir.
Maintenant tu es taciturne,
irritable, irascible. L'ambiance
s'en ressent.

**243)** Faire le deuil de cette histoire ? Pourquoi est ce que je le devrais ? Pourquoi est ce que je le voudrais ? Je veux bien essayer d'attendre et de comprendre... c'est tout. Je ne veux pas renoncer.

**253)** Tu fais le beau temps et la pluie dans mon cœur. Le temps est à l'orage en ce moment. La moindre de nos discussions dégénère. L'ambiance de nouveau en pâtit. Je me demande jusqu'à quel point le secret sur notre liaison peut être gardé ? Tout me semble tellement visible, mais je respecte ton souhait : je ne dis rien sur nous deux.

**254)** Ne rien dire sur Moi et Toi… car je sais bien que mes sentiments ne sont pas réciproques. Pourquoi me les as-tu fait avouer ?

**258)** Quel fou rire ! Tu racontes très bien les anecdotes. Tout le Groupe était hilare. La répétition a été très agréable.

**260)** Tu es compliqué dragon ! On ne sait jamais sur quel pied danser avec toi. En forme ? Blagueur ? Rageur ? Fais donc soigner ta dépression !

## Octobre

**267)** C'est la deuxième fois que tu me joues cet air. Tu annules un de nos RDV. Tu souhaites arrêter. Tu me l'annonces par mail. D'habitude c'est moi la bavarde des doigts.

**287)** Suivre ton choix est encore plus douloureux. Mon cœur n'est pas un yoyo.

**297)** Putain, je n'écoute plus que des chansons d'amour débiles, et mes textes deviennent niaiseux !

**300)** Ta peau me manque. Ta langue me manque. Tes

mouvements réguliers qui me faisaient jouir. Ta présence, ton humour, tes sautes d'humeur, tes coups de gueule, tes colères, tes jugements à l'emporte-pièce...

**301)** Je tiens toujours à toi.

**302)** Avoir l'esprit d'escalier... qui monte ou qui descend ?

**303)** Tu m'es néfaste. Il faut que je décroche.

**305)** Accès de rage : j'ai balancé sur ma page de parolière

---

inconnue, mes mots, mes phrases qui s'inspirent directement de nous. Je les ai jetées au plus loin, sur la toile où circulent ces millions d'informations inutiles sur ces millions d'inconnus que nous sommes.

**307)** Je n'ai pas envie de servir de bouc émissaire à tes angoisses existentielles... Je reste du coté des vivants (du vivant). C'est ce qui m'avait autant séduit chez toi : ta belle énergie quelles que soient les circonstances de ta vie.

---

**309)** Avoir une aventure cachée faisait certainement partie de ton cahier des charges. C'était « être un mec, un vrai ». Tu en as certainement déjà eu d'autres et tu en auras encore. Moi, je n'ai pas été élevée dans cette idée d'être un homme ou une femme. Chez moi, on voyait plutôt les gens comme des personnes, des rencontres toujours uniques, pas comme un palmarès.

**310)** Je t'écoute et je me dis que tu es vraiment un p'tit con en ce moment ! Il n'y a plus de miroir chez toi ? D'où te vient cette arrogance ? Ces jugements péremptoires ? Alors pourquoi je n'arrive pas à refermer cette parenthèse ?

**311)** Je ne t'ai jamais menti. Je n'en voyais pas l'utilité. As-tu eu cette honnêteté avec moi ?

**312)** Je suis une passionnée, enthousiaste. Tu le sais pourtant que j'ai du sang espagnol.

**313)** Sortir de mon cœur la douleur. En en créant une autre ?

---

**324)** Le Groupe n'existe plus.
(Explosion d'ego musicaux).
C'est mieux : je n'aurais plus à te
croiser si souvent.

**327)** Si je te vois moins, est ce
que ma peine passera plus vite ?

**347)** Quel est le pire ? Te voir
ou ne pas te voir ?

**378)** Le vent souffle. Je
voudrais qu'il passe par ma tête
pour y faire un grand ménage...

**385)** Exercice de
communication : « transformer

———————————————————————

les phrases suivantes de façon à dire le contraire sans utiliser de négations ».
Mes doigts rêvent de ta peau.
Mes yeux de croiser ton regard quand tu souris.
Mes oreilles cherchent la musique de ta voix.
Mon esprit aime te savoir proche même sans te voir.

**386)** Correction de l'exercice :
Mes doigts craignent ta proximité.
Mes yeux fuient ton regard.
Mes oreilles redoutent la musique de ta voix.

---

Mon esprit panique de te savoir
trop proche.

**417)** DHT :
Je n'avais pas prévu un prélude
si joueur et fantaisiste.
Je ne pensais pas que nos jeux
seraient autant à l'unisson.
Je n'avais pas espéré ce Bis.
Je n'avais pas envisagé de
nouveau tes silences.
Je n'avais pas assez remarqué ta
baisse de décibels, ta mélopée
envahissante.
Je ne pensais pas que tu pouvais
être un interprète discipliné,
suivre strictement ta partition.

_____

Je ne pensais qu'à satisfaire,
égoïstement, ma curiosité des
doigts.
Je ne pensais pas être aussi
gauche avec toi.
Je ne pensais pas que ta
tessiture serait aussi puissante
sur moi.
Je ne pensais pas que tu
bouleverserais autant ma
gamme.
Tu es le chef d'orchestre de
toutes mes surprises.

**423)** Je suis la Reine des connes.

**436)** Peut être que tu te poses
trop de questions…
Pour notre cas, j'en vois juste 3 :

-Est-ce que je te tente ?

- Est-ce que nos jeux d'adultes
te font du bien ?

-Est-ce que nous avons des
moments pour jouer ensemble ?

**450)** Tu es une énigme pour moi.
J'en suis peut être une pour toi.

## Novembre

**471)** Je n'aurais pas dû. Ces paroles là, tu ne pouvais les accepter.  Ces mots là sont MA faute.

**473)** Reconnaître qu'on n'a aucune excuse ne rend pas la faute moins douloureuse.

**474)** Je ne crois pas en Dieu. Aucune rédemption, aucun pardon. Je porterai cette tache là jusqu'à ma fin.

**484)** Je me mets à aimer les formules et les citations : pathétique.

**486)** Dis-moi beau chat
Si j'y mets les formes
Pardonnerais-tu à la reine des
pommes,
Certifiée conne, garantie
conforme ?

Me laisserais-tu, encore, te
caresser
Essayer de te faire ronronner ?
Passer mes mains sur ton dos
Ma langue sur ta peau ?
Oublie que je suis une peste
Qui te teste

Je m'enflamme toujours quand
je te vois
Je frémis dès que j'entends ta
voix

Le coup de foudre sonne comme
ton rire
Autant te le dire
Souviens-toi juste que j'aime tes
bras,
Ta langue, que tout me va.

Je m'en veux
Sans désormais d'autre vœu
Que ton pardon
Comme le plus doux des dons
Passe ta rancœur, dragon rageur
A coups de griffes sur mon cœur

Promis, je ne serais plus
impatiente
J'attendrais autant que ça te
chante

Je te laisse les rênes et je me
freine
Tu ne m'appartiens pas, tu es ton
propre roi
Je le sais, j'espère que tu me
crois

**499)** Donne-moi une autre
chance.
Je n'ai pas peur du ridicule... il ne
tue pas. J'en suis la preuve
vivante.

**514)** Comme les enfants qui
grattent leurs croûtes pour voir
ce qu'il y a dessous, j'ai relu nos
échanges de mails.

**544)** Je suis un navire échoué...

**600)** Sans mes mots, (mes mots scions), je deviendrais dingue.

**610)** Politesse : Ensemble des usages sociaux régissant les comportements des gens les uns envers les autres. Nous sommes des animaux sociaux. Je te dis « salut » quand je te croise. Tout autre mot m'est impossible.

**611)** Certains jours même « salut » m'est impossible.

**612)** Certains jours c'est toi qui ne me saluts pas.

**Mai**

**623)** Je dois trouver une autre douleur pour stopper celle qui lacère mon cœur.

## Août

**683)** Tu m'as proposé une bière sur Paris. J'ai dit « oui », pour signer la paix. Pour essayer de retrouver une miette de ton amitié. Une miette pour subsister.

**686)** RDV : je t'attends. Je suis là pour une trêve. Je suis là pour pouvoir de nouveau manger, de nouveau boire, de nouveau dormir, de nouveau rire.

**686)** A la toute fin du RDV : alors qu'un armistice est signé, alors que mon cœur souffle enfin ; c'est toi qui me le proposes.

**686)** Tu souhaites reprendre ! Tu souhaites reprendre ! Tu souhaites reprendre !
Je ne crois pas en Dieu, et pourtant les miracles existent.

**686)** Tu me prends dans tes bras. Je voudrais me presser plus contre toi et te respirer à fond (avec le risque d'avoir aussitôt envie de plus), mais aussi m'échapper au plus vite pour ne pas réveiller l'incendie que ton contact allume en moi (et que je mets toujours plusieurs jours à maîtriser).

**686)** Mon cœur est une batterie déchaînée. J'en tremble.

**686)** Je t'envoie un texto. Je n'aime pas les texto. Il est ému, brûlant, passionné.

**695)** De nouveau, plus rien.

**700)** Ta relance m'a donné des forces. Les montagnes sont des fétus de pailles. Je poursuis. Je change de vie.

**728)** Je t'envoie cinq messages, enflammés, épanouis : un par semaine. Je t'aime.

## Septembre

**736)** Tu me dis que je te harcèle. Tu me menaces de représailles. Tu me dis que je suis inconvenante, que mon comportement est déplacé.

**737)** Je ne comprends plus rien.

**739)** Ma peine est un puits sans fond.

**746)** J'ai peur d'avoir tout gâché, de t'avoir fait peur, que tu aies cru que j'en voulais à ta liberté.

**748)** J'ai toujours su qu'aimer n'est pas posséder. Mais toi, toujours si sûr de toi, le sais tu ?

**755)** J'ignore comment est ta part d'ombre ? Rock ou bourgeoise ? De quoi as-tu voulu te venger pour m'avoir autant enfoncé ?

**760)** Je suis le renard du Petit Prince.

**780)** Il n'y a pas de place chez toi pour le doute ; il y en a bien trop chez moi.

**Janvier**

**812)** Petits moments
Petit Mot Ment !

**813)** Je me croyais coupable,
mais tu as juste trouvé un nouvel
amour.

**814)** Je suis longue à
comprendre. J'ai vu sa main dans
la tienne. Tu n'as jamais eu de
geste si tendre pour moi. Nous
devions rester cachés.
Apparemment, pour elle, c'est
différent.

**815)** Il te suffisait de me le dire. Inutile de me noyer. Je connais la complexité des sentiments.

**816)** Feedback : tu m'as dit une fois que tu t'étais senti floué quand je t'avais avoué mon attachement, que le contrat de base était juste un plan cul. Aujourd'hui, c'est moi qui ai cette impression. Depuis quand courrais tu deux lièvres en même temps ?

**817)** Tu es une ombre criminelle dans ma peine.

**818)** Tu es redoutable. Quand tu as trouvé un point faible, tu l'exploites. Et comme tu ne vois dans les autres que des ennemis potentiels, tu n'as aucun scrupule.

**819)** Tu t'es servi de ce qui pouvait me faire le plus mal. Tu as réussi.

**820)** J'ai tout détruit. Mes notes, mes brouillons, mes mots nés grâce à toi. J'ai l'impression grandiloquente de m'être arraché le cœur.

**824)** Bleu
A l'âme
Au cœur
Alarme

**825)** Désormais écrire sans
réfléchir, marcher de signe en
signe, noircir la page, pour ne
pas dépérir.

**826)** Tu as choisi : c'est Elle. Je
ne t'offre rien de l'avenir que tu
auras avec elle, juste mon
intérêt, mes mots, ma passion :
ma façon de voir la vie.
Je comprends ton choix, mais
pour l'instant, j'ai mal.

**827)** Respirer m'est douloureux.

**830)** Ma vie est un bémol.

**835)** Tentative d'humour :
Quelque part, entre elle et moi,
j'aurais pourtant choisi moi.
Mais 1) je ne suis pas toi,
2) je ne suis pas un homme.
3) je ne suis pas celle qui
demande à être protégée.

**840)** Finalement tu as raison : je
suis inconvenante.

**840)** Je ne rentre pas dans les
cases prévues à cet effet.

**840)** Ceux que j'aime doivent
supporter mon goût des mots.

**840)** Mes mots sont chauds, brulants, classés X. Ils font peur aux tièdes.

**840)** Ceux que j'aime doivent supporter une vie pas diététique, pas aseptisée, pas cadrée.

**843)** Je suis incandescente. Ton souffle m'avait ravivé.

**845)** Tu l'aimes. Et je pense qu'elle aussi. « Il y a tant de soleil au fond de vos yeux que ça me fait mal. » Vous allez bien ensemble.

**847)** Je t'écoute parler. C'est une discussion professionnelle. Le Groupe se reforme. Tu es dans ton élément. Musique, tempo, accords. Et je me souviens pourquoi ton esprit m'a plu : tu as une belle intelligence.

**847)** Elle chantera dans le Groupe. Je ne les ai pas écrites pour elle, mais mes paroles vont bien à son joli minois triste, à ses yeux de biche et son filet de voix.

**848)** Notre liaison est restée secrète. Si d'autres membres du Groupe s'en  sont doutés, ils ont gardé le silence. Certains sont mes amis.

**848)** Quand ils blaguent sur l'amour, que tu ris avec eux, je souffre.

**848)** Je ne ris pas. Toutes les blagues que tu dis me blessent, même celles qui ne me regardent pas.

**849)** Ta voix est un poignard effilé.

**850)** Sur notre rupture, je me tais. J'ai toujours respecté tes choix.

Je me taisais déjà sur notre aventure.

**851)** « Rester discrets », « rester cachés », « rien de visible pour ne pas nuire à la carrière du Groupe » : ça c'était pour moi, pour elle c'est le contraire.

**851)** Je jette mes mots sur ces feuilles ; je les écrase ; je les malaxe, je les torture pour ne pas te les hurler à la gueule.

**851)** J'ai lu cette phrase « est-ce qu'un mot qui n'appelle plus personne peut se vider ? »
Est-ce que ton prénom finira par se vider pour moi ?

**Février**

**852)** Ton rire m'assassine. Alors je t'évite, je te fuis.
Ce sera encore plus difficile si les répétitions reprennent. Je demanderais à ne plus écrire vos paroles. Après tout, tu n'auras qu'à t'en charger. Ne souhaiter aucun mal à ta nouvelle histoire ne m'oblige pas à partager votre proximité.

**852)** Tu n'as aucune compassion pour ma peine. Vous vous affichez.

**853)** Je veux disparaître.

**853)** L'eau sous le pont est attirante.

**855)** Vivre m'est devenu dérisoire.

**857**) « Where is my mind » ?

**860)** Je me donne de petits défis. Aller jusqu'à telle rue sans musique dans mes oreilles, te dire « bonjour » quand je te croise, même si la politesse voudrait que ce soit parfois toi qui commence, traverser le pont sans enjamber le parapet et me jeter à l'eau.

**863)** Entendre des compliments sur toi m'est douloureux.
Ce n'est pas l'éclairage que j'ai sur ta personne en ce moment.

**870)** Mes mots réapprennent le silence de leur partition. C'est dur : le silence n'est pas mon élément.

**875)** Fin de répétition : tu me souhaite un « bon week end ». Comment peux-tu penser un seul instant qu'il sera bon ?
**883)** Je rentre chez moi le cœur dans un étau et les yeux au bord des larmes.

## Mars

**890)** Non, je n'ai pas cherché à nuire à ta nouvelle histoire ! J'ai cherché à me préserver. Si mon attitude est devenue plus explosive avec la reprise des répétitions, c'est que la votre était de moins en moins discrète et ravivait sans cesse ma douleur.

**893)** Mes mots sont comme tes notes quand tu composes. Je cherche la lumière dans la nuit, le chemin dans le chaos : l'accord. Ils sont douloureux à trouver en ce moment : j'ai perdu la clef.

**900)** Le vent finira bien par chasser ma colère. Mais dans combien de temps ?

**909)** Je t'en veux toujours d'avoir soufflé sur les braises pour ranimer l'incendie et ensuite m'étouffer.

## Juin

**910)** Thérapie sauvage : deux mots ancrés (encrés) bien profonds qui tournent autour de ton nom (Non).

**927)** Parfois je pense allez mieux ; puis tu apparais en guest star dans mes rêves ou mes cauchemars, et de nouveau je bois la tasse.

**929)** Pourquoi c'est si long à passer ?

**935)** Je te crois : tu t'es senti harcelé. Maintenant je sais pourquoi : je ne t'ai pas aimé ; je t'ai aimé passionnément. Une Carmen au rabais dans un mauvais plagiat de livret.

**937)** J'ai repris mes excès de vie d'avant toi. Alcool, sexe et rock en roll. Je tente d'accélérer ma guérison. Je doute des résultats.

**939)** Au plus fort de mes folies, de mes plaisirs, c'est ton prénom, c'est ton souvenir qui me transperce et me brûle.

**945)** Je pense que je vais regarder les hommes qui te ressemblent dans la rue, encore un bon moment...

**947)** Tu étais le cadeau improbable de ce Dieu auquel je ne crois pas.

**949)** Écrire, c'est s'exhiber.
Exhiber
Exister
Résister
Écrire, c'est résister.

**Aout**

**950)** (Pour quelques heures
encore ou pour l'éternité ?)
Est-ce qu'on aime toujours ceux
qu'on a aimés un jour ?